［法］乔治·佩雷克 著
唐洋洋 译

庭院深处，
是哪辆镀铬把手的
小自行车？

Quel petit vélo
à guidon chromé
au fond de la cour ?

Georges Perec

南京大学出版社

Quel petit vélo à guidon chromé au fond de la cour?
By Georges Perec
© Éditions Denoël, 1966
Simplified Chinese translation copyright © 2022 by NJUP
All rights reserved.

江苏省版权局著作权合同登记 图字:10-2020-453号

图书在版编目(CIP)数据

庭院深处,是哪辆镀铬把手的小自行车?/(法)乔治·佩雷克著;唐洋洋译. —南京:南京大学出版社,2022.1
ISBN 978-7-305-24962-4

Ⅰ.①庭⋯ Ⅱ.①乔⋯ ②唐⋯ Ⅲ.①中篇小说—法国—现代 Ⅳ.①I565.45

中国版本图书馆CIP数据核字(2021)第177190号

出版发行	南京大学出版社
社　　址	南京市汉口路22号　　邮　编 210093
出 版 人	金鑫荣
书　　名	**庭院深处,是哪辆镀铬把手的小自行车?**
著　者	[法]乔治·佩雷克
译　者	唐洋洋
责任编辑	陈蕴敏
照　排	南京紫藤制版印务中心
印　刷	南京爱德印刷有限公司
开　本	787×1092　1/32　印张 4.25　字数 53千
版　次	2022年1月第1版　2022年1月第1次印刷
ISBN	978-7-305-24962-4
定　价	45.00元

网　　址:http://www.njupco.com
官方微博:http://weibo.com/njupco
官方微信:njupress
销售咨询:(025)83594756

* 版权所有,侵权必究
* 凡购买南大版图书,如有印装质量问题,请与所购图书销售部门联系调换

为了那场所有人都是配角的愚蠢闹剧

赵 松

    为乔治·佩雷克的这部小说写篇导读之类的文字，最合适的方式，或许就是模仿它的风格，肆意妄为而又充满戏谑和游戏意味。

    估计你也会有同感，就是看过乔治·佩雷克的那张肩扛黑猫的照片之后，再也没法忘掉他的样子——阳光照亮了他三分之二的额头、四分之一的脸颊，还有二分之一的鼻子，而那只蹲在他肩头的黑猫正扭过头来，跟他一起注视着你，它的尾巴梢触及他那笑弯的薄嘴唇，他那头茂密的鬈发看上去像似倒扣的鸟巢，嘴唇下边那把花白的胡子则如同从鸟巢里滑落至那里的巢中细草，黑衬衫外面套了件浅色棒针毛线开衫。

这是一张黑白照片，所以除了黑白之外你没办法确定任何颜色。要是你也看了那张他正修改校样的彩色照片，就会发现他的那把胡子并不像你以为的那样是白的，甚至都不能算是花白的，而只能说它是黑灰里间杂了些不算多的白。当然，你也可以说这两张照片并非同一时期拍摄的，黑白的那张里，他要老一点，而在彩色的那张里，他显得年轻些……当然，也有可能，情况是完全反过来的。

不过，我倒是觉得，自从他进入盛年以后，那样子好像就再也没有明显变过。我完全是猜想。他只活了四十六岁。在二十多年的创作生涯里，他写了三十多本书，还合著了十几本书……这样的密度，让我觉得，他样子是不会有明显变化的——因为他始终在燃烧，这会让他的脸一次成形永不变形……别信我。

你想得没错，他，乔治·佩雷克，这个家伙看上去的确就像个快乐的巫师,或是快乐的通巫术的江湖艺人。你也觉得他的眼神里隐含着某种不会让人有丝毫反感的狡黠?这个世界的聪明人有千万种,但我向你保证,他绝对是属于为数稀少的永远不会招人讨厌的那一种。他走得轻快,写得随性肆意,完全无意卖弄什么,因为他有使不完的招数、用不尽的想法,他享受写作这件事本身,而不需要像很多作者那样处心积虑地跟任何潜在的读者暗送秋波,我无条件相信他定会厌恶去做这样的事,甚至无法容忍自己萌生哪怕半点类似的念头。他自得其乐,不管不顾,仅此而已。

乔治·佩雷克写这本《庭院深处,是哪辆镀铬把手的小自行车?》(单是看这名字你就可以想到这个家伙该多"坏"了),是要对两年前结束的那场让法兰西名声扫地、第四共和国瓦解、第五共和国诞生,尤其是让阿尔及利亚彻底摆脱殖民地地位、实现独立的战争,表达一下由衷的厌恶和嘲讽。在那场持续八年(1954—1962)的战争里,法军共有两万多人阵亡，六万多人受伤。

当你看到扉页上那串词组里的前几行，即"叙事/自由体史诗//间或点缀/一流作家之/诗句"，以及后面括号里写的那句"本作品受到多家军事学院称赞"，还有最后面的那句"敬献 L. G. /谨此纪念其英勇的军事行动/（是的，没错）"时，几乎可以立即断定，他在针对不久前的那段历史开一个大玩笑。

他的故事非常简单，甚至简单到可以用几句话说完的地步："这个家伙为了逃避去阿尔及利亚，想把脚弄残废，然后在深深爱着的姑娘的怀抱里无忧无虑地生活，等待签订和平协议。"这个家伙连名字都不能确定，作者称之为卡拉XX，但在写的过程中，会随意地改变"卡拉"后面的字，卡拉曼利斯、卡拉沃、卡拉瓦施、卡拉库韦……我仔细数过，但几乎转头就忘了到底是59个还是62个或是更多些。反正他就是在那里边讲故事边变换着这个名字。你当然能明白他的用意何在，卡拉XX，就是所有法军士兵。就连里面那个热心肠的要帮助卡拉XX实现其逃避去阿尔及利亚战场愿望的中士的名字，都是可翻过来倒过去出现的，亨利·波拉克，或是波拉克·亨利。总而言之，乔治·佩雷克就像在说绕口令那样说着这些名字。

故事情节，就是"我们"跟那位亨利·波拉克中士一道想方设法要以最佳方式让那位卡拉XX避免上战场，但最后的结局，是不得不目送运兵火车缓缓驶离了火车站，甚至连那位可怜的卡拉XX的最后一面都没能见到。悲剧。当你的脑海里的场景定格在这个瞬间，你肯定会这样想。那个可怜的卡拉XX，就这样被送上了战场。"我们"和亨利·波拉克或波拉克·亨利（分明就是乔治·佩雷克的谐音名嘛，这个家伙也是从小父母双亡，跟作者命运一样），白忙了半天，真是机关算尽无用功，就像一出悲剧序幕里的暖场丑角，或是喝多了的歌队，除了那些毫无用处的馊主意，啥都没干成。

跟法兰西第四共和国为发动那场镇压阿尔及利亚人独立的战争所炮制的无尽谎言比起来，乔治·

佩雷克炮制的这出荒诞意味十足的轻喜剧或者说闹剧真是耐人寻味。当时法国知识分子界的反战声音，跟那些开足马力的政治谎言机器比起来显然微弱太多。1962年，以推崇先锋文学、塑造了"新小说"流派著称的午夜出版社，因出版揭露阿尔及利亚战争真相的作品而被当局搜查并封没了一批作品，26岁的乔治·佩雷克估计也是当时闻之而愤怒的那些人里的一员。他必须做出回应。他回应的方式，就是跟这场丑恶的侵略战争开一个玩笑，去嘲笑它那本质上的愚蠢和毫无意义。

当然，如你所看到的，或即将看到的，他做到了。当"我们"跟那位亨利·波拉克或波拉克·亨利中士把整个策划事件搞成了微型狂欢节般的过程时，当叙事的口吻如同信口开河或是具有戏谑说唱的节奏和意味，还会时不时地戏仿所谓的史诗剧的调子时，你所能看到的，只有无尽的玩笑。"我们"跟那位名字翻来覆去的中士一本正经认真之极干的那些事，越是写得细致就越是显得可笑。这些自认为"勇敢"的家伙,他们本身也在被嘲讽的范围里。他们在热心策划的时候,也会担心后果,怕自己帮忙不成反被牵扯进去,惹麻烦上身。哪怕是开玩笑,玩大了也会变成不可收拾的麻烦。这就是普通人的思维逻辑——"勇敢"的前提,是要能保证自身的安全。这帮家伙的全部勇气,或许也就是像那位中士骑着往返于家乡和部队驻地之间的那辆"叮当作响的小自行车",派不上什么大用场。

事实上,在现实世界里,并不存在"有一些可以并且应当被认定为配角的人物",说到底,他们都是配角,"活动在主要事件的间隙,并烘托着主要事件"。言下之意,整个法国的所有普通人,在那场阿尔及利亚战争中都不过是配角,包括那些被送上战场的普通军人,也都是配角。他们跟作为叙事者的"我们"一样,不知道"这一切要如何收尾"。一个国家干愚蠢之事,在某种意义上这不就意味着集体的愚蠢吗?那个卡拉XX,最后除了把自己灌得烂醉如泥,接受命运的选择,别无他法。

如果说倒数第二个章节里那股浓浓的抒情意味，就像是一场歌剧里矫情之极的咏叹调，那么，最后那充斥着伤感滥情色彩的、"我们"跟那位亨利·波拉克或波拉克·亨利中士在火车站台上寻找那位倒霉蛋卡拉XX的场景，则真的可以说是把这出闹剧推向了令人容易笑岔气儿的高潮时段。乔治·佩雷克在这里把自己的喜剧才能也发挥到了极致。人们到底要如何滥情和全力营造伤感气氛才能掩饰自己的愚蠢行径呢？当"我们"对着每个车厢呼喊卡拉XX的倒数第二个变名"卡拉夫里尼克"时，有人回以"这里没有你说的叫卡拉什么东西的人"。但真正有力的回复则是：

"闭嘴，你个傻子！"

这话，其实是乔治·佩雷克对所有还在犯蠢的法国人说的。随后，在最后那个短短的章节里，他还意味深长地补了最后一刀。"我们"到那个叫"选择"的咖啡馆里把那瓶威士忌喝光之后，各自回家，"从那以后，我们再也没听人说起过那个难缠的人"。

面对那样一个残酷的重大事件，人们不仅会选择愚蠢，最终还会选择遗忘。要知道，当年法兰西第四共和国为了阿尔及利亚战争所炮制的那些谎言，还得等到差不多四十年后的萨科齐政府时代，才能通过解密档案被彻底地揭穿。

这本《庭院深处，是哪辆镀铬把手的小自行车？》的出版，距离那部伟大的《人生拼图版》的诞生还有十二年。尽管它的成就与价值跟那部代表作还无法相提并论，但仍然足以展现乔治·佩雷克那非凡的写作才华和想象力。你说得对，在很大程度上，它就像个一气呵成的即兴之作，仿佛是乔治·佩雷克在喝酒的时候写下的，甚至，你完全可以想象一下这样的场景：他站在酒吧里的小舞台上，端着酒杯，时不时地喝上一口威士忌，满面发红，双眼放光，在舞台灯光的照射下，他的那头鸟巢般的鬈发简直就像火焰，面对下面那些同样端着酒杯并不时发出傻笑的家伙，他以一种轻松自如、肆无忌惮而又充满戏谑的方式，讲完了这个闹剧般的故事，一场真正悲剧的荒诞序幕。他用了"我们"来讲述这场闹剧,而"我们"当然就是大家,包括了那些听众,无论是"我们",还是他们,都属于一个曾沉湎于极其愚蠢残暴行径的国家,对于他来说,这事,实际上人人有份,都是配角。

2021年7月20日于上海

乔治·佩雷克1936年出生于巴黎，父母是波兰犹太人，双双丧生于第二次世界大战。佩雷克在巴黎学习文学，后来在法国国家科学研究中心（CNRS）担任神经生理学资料员。1965年，他的首部小说《物》荣获勒诺多文学奖。一年后，他出版了新奇大胆的《庭院深处，是哪辆镀铬把手的小自行车？》。1967年，佩雷克加入"乌力波"（潜在文学工场），很快成为其重要成员。他沉迷于各种表达方式，不断质疑写作的挑战与界限。其作品令人惊叹，复杂多变。他创作了数量众多、广为人知的文本，包括

《消失》(1969)、《重现》(1972)、《W或童年回忆》(1975)和《人生拼图版》(1978,美第奇文学奖)等。作为一名真正的语言探索家,乔治·佩雷克是20世纪法国文学史上重要的、不可或缺的人物。

序　言

里夏尔·伯林格（Richard Bohringer）

乔治·佩雷克。写作。写作的至乐。我经常在圣日耳曼德普雷遇见他，他的小胡子和浓密的头发在风中飘扬。发福是后来的事。他十分宽容，目光和善。我本可以走向乔治·佩雷克的，但是安托万·布隆丹比他更能喝酒。佩雷克的写作是宽仁的。他认可每一位年轻诗人。他是个怪人，易怒，也易喜。我对他的私生活一无所知。我觉得他的作品那么博学，又那么清晰，那么有趣。佩雷克是一位多维度作家。他狡黠的世界让人幸福。他尽可能地描摹生活的轮廓，赋予它梦想和微笑。他是发明家、雕塑家，是用词语作画的画家。他的温情流淌在字里行间，他是个令人钦佩的文字爱好者。

他挺着大肚子穿过圣日耳曼大街，小胡子在风中飘扬。他的布鲁斯舞曲让人振奋。没有他的日子是冗长的。圣日耳曼德普雷早已不复旧日。他可知道，因为他的发明，我们全都变成了发明家？在一百二十页中停留片刻，我们的忧愁就会被春日的微笑浸染。三行字写就的人生，经历的苦难熠熠闪光。因为他，我们即将成为面向一切，又背离一切的作家。他留给自己的是嘲讽，赠予别人的却是温情，是词语，可以写下来挂在墙上的词语。假如我重回青年时代，我会为佩雷克而疯狂。我会渴望得知关于他的一切。他身上的一切都充满韵律和乐感，从普通爵士到黑人爵士，从莫扎特到迈尔斯·戴维斯[1]，自由自在，仿佛在嘲讽一切。我希望一直阅读

---

[1] 迈尔斯·戴维斯（Miles Davis，1926—1991），美国小号演奏家，爵士乐发展史上的重要人物。（本书注释如无特殊说明皆为译注。）

佩雷克并亲自投身写作,他也允许我们这样做。

他是"乌力波"成员。这是一个自由的团体。自由写作,自由创造。他频频获奖。首部小说《物》荣获勒诺多文学奖,《人生拼图版》荣获美第奇文学奖。我发现他时已经太晚,无法听他亲自向我讲解我在写作中寻找的东西。他留给我的,只有他的书、他的发明、他的狡黠和他富有启发性的作品。我要用左手去创造,希望获得跟用右手一样的成果。

1982年发现的第2817号小行星是以他的名字命名的。他由此进入了永恒的宇宙,迎风而立,面朝着无限宽广而博学的空间。发光的佩雷克在破坏,在闲逛,在时时刻刻、争分夺秒地记录着隐秘的日常。他让我们产生搅乱生活的欲望,让我们跟上他的脚步吧。

R.B.

叙事

自由体史诗

间或点缀

一流作家之

诗句

由

《如何帮助朋友》

作者

创作

(本作品受到

多家军事学院

称赞)

敬献 L. G.

谨此纪念其英勇的军事行动

(是的,没错)。

这个家伙,他的名字是卡拉曼利斯,或者类似的东西:卡拉沃?卡拉瓦施?卡拉库韦?总之,就是叫卡拉XX。不管怎么说,这个名字非比寻常,意味不凡,令人过目不忘。

他可能是巴黎画派的一位亚美尼亚籍抽象派艺术家,一位保加利亚摔跤运动员,一位马其顿的高级长官[1],总之就是那片角落的一个家伙,一个巴尔

---

[1] 马其顿(Macédoine)作普通名词时意为"什锦蔬菜、大杂烩",所以"一位马其顿的高级长官"也可以理解为"什锦蔬菜里的一棵菜"。

干半岛的人,一个南斯拉夫人[1],一个亲斯拉夫的人,一个土耳其人。

不过眼下可以肯定,他的确是位军人,是万塞讷辎重军团的一位二等兵,已服役十四个月。

他有个伙伴,也是我们的好哥们儿,名叫亨利·波拉克。此人是位中士,任阿尔及利亚和海外领地骑兵士官(这里有个悲惨的故事:他自幼失去双亲,无辜受难,早在十四个星期大的时候,就被扔在了这座大城市的马路上)。他过着双重的生活。白天,他是一位忙碌的中士,责骂手下那帮干杂活的家伙,在厕所门上雕刻一箭穿透的心脏和抚慰创伤的口号。但是下午六点半的钟声一响,他就骑上那辆叮当作响的(镀铬把手的)机动小自行车,飞速地赶回他的故乡蒙帕纳斯(因为他就出生在蒙帕纳斯),那里有他的爱人、他的屋子,有我们这群哥

---

[1] 此处原文为 Yogourtophage,是作者自创词,"一个南斯拉夫人"可以理解为"一种噬菌酸奶"。

们儿,还有他心爱的书。他会变成一个快活的小伙子,朴素,但穿着体面:一件带红条纹的绿色羊毛套衫,一条扭扭巴巴的裤子,一双无与伦比的鞋子。他来找我们这群朋友,然后我们去咖啡馆聊美食、电影和哲学。

每天早上,这位波拉克·亨利[1]都会换上军人的行头——卡其色衬衫、卡其色裤子、卡其色橄榄帽、卡其色领带、卡其色夹克、米色防水服和栗色鞋子,骑上他那辆叮当作响的(镀铬把手的)机动小自行车,心情沉重地朝反方向骑去,丢下了他心爱的书、我们这群哥们儿、他的屋子、他的爱人,甚至还有他的故乡蒙帕纳斯(因为他就出生在那里),重新回到万塞讷的新堡,艰苦的一天正在那里等待着他,与以往的日子并无不同。这种日子,掌管该死的兵役的神已经让他过了四百加六十加十一天,预计还要过三百加六十加十加九天[2](但我们还是别预测

---

[1] 原文如此。亨利·波拉克和波拉克·亨利交替出现。
[2] 此处数字非常规说法,译文做了相应处理。

了吧)。

17　　这位波拉克·亨利抿着嘴唇,调整了一下姿势,扬起下巴,从三色旗面前经过;从卫兵岗面前经过;从上尉面前经过,并向他敬礼;从中尉面前经过,并向他敬礼;从临时兼任副官的骑兵军官面前经过,但自从他们发生争吵那天起,他便不再敬礼,宁愿换一条路走。而部队里的人,比如勇敢的卡拉朔夫、勇敢的法朗潘、凡·奥斯特拉克(这是个卑鄙的种族主义者),还有被人亲热地称为"破冰者"的小拉韦里埃,都会模仿各种鸟叫跟他打招呼——因为波拉克·亨利的人缘还不错。

在军队干苦力的艰难一日就这样开始了,得写报告,点名,集合,吃冷冻豌豆泥,喝常温啤酒,喝小瓶的葡萄酒,干苦力,短暂休息,练军姿,用厚木底高帮鞋把生锈的罐头踢到光秃秃的草坪上,抽烟,抽烟把儿,抽烟屁股。

威严的太阳神阿波罗一刻不停,升到了顶点。时间就像渗过一个装满砂岩的沙漏慢慢流淌(读者可能会抱怨这幅画面过于平庸,但从地质角度看,它还是很准确的,但愿读者能欣赏这一点)。

到了让人望眼欲穿的六点半,我们的哥们儿亨利·波拉克——他既不是卫兵,也不是消防兵,既没有被禁止外出,也没有受罚——会去握一握卡拉比诺维奇、法朗潘、卑鄙的种族主义者凡·奥斯特拉克,还有小拉韦里埃(人们亲热地称他为"破冰者")等人软绵绵的手,把执勤官盖了章的夜间准假单塞进卡其色夹克左边的口袋,骑上他那辆叮当作响的(镀铬把手)机动小自行车,按照规定依次向值班的中尉、主膳官、上级指定的副官、片区长官、当周值班的中士和当天值班的下士敬礼,而值班的人也会模仿各种动物的叫声跟他打招呼,因为亨利·波拉克受人尊重(他在军中并不傲慢,虽然外表可能略显粗犷,但内心十分温和)。他就像密涅瓦的那只鸟[1]一样,在狮子去喝水的时辰出发,速度

---

[1] 指智慧女神密涅瓦的猫头鹰,它总是在黄昏时起飞。

快得像一只眼睛看得出了神的鹰，回到他的诞生地蒙帕纳斯，他的爱人、他的屋子、我们这群哥们儿，还有他的书在那里等着他。他脱下让他备受羞辱的军装，顷刻之间就变成了一个活脱脱的平民，上身舒舒服服地穿着一件开司米短上衣，双腿被牛仔裤裹住，脚踩闪着光泽的老式低帮便鞋，来对面的咖啡馆找我们这群哥们儿。我们会在那里谈论卢卡斯[1]、埃黎福尔[2]和黑嘓尔[3]，还有同一类型的其他怪人，因为那个年代我们都有点疯疯癫癫的，我们一直聊到深夜，有着超前的思维。

啊！还是要加油，这就是军人的美好生活！

---

[1] 原文拼写为 Lukasse，正确的拼法为 Lukács，即卢卡奇（1885—1971），匈牙利哲学家、文学批评家。
[2] 原文拼写为 Heliphore，正确的拼法为 Elie Faure，即艾黎·福尔（1873—1937），法国艺术评论家、文学家、美学家、哲学家和历史学家。
[3] 原文拼写为 Hégueule，近似 dégueule，即"呕吐"。正确的拼法为 Hegel，即黑格尔，德国哲学家。

不就是这样嘛,这一天,啪嗒一下,一切瞬间崩塌。

当时应该是两点,或者两点半,甚至可能是两点四十五。

那个叫卡拉丰的家伙来找这个叫波拉克·亨利的人(我说过了吗?他是我们的一个好哥们儿),然后,就像那位著名的寓言作家[1]所说,

---

[1] 此处指拉封丹。下一行引文出自《拉封丹寓言》中的《乌鸦和狐狸》。

他就这样攀话:

"这个消息传到我的耳朵里,真让我目瞪口呆(pantois)、困惑不已 (perplexe)、可怜兮兮(piteux)、双足痛风(podagare),简直就要腐烂成泥(putréfié)[1]了:崇高的、高不可攀的指挥部(愿上帝保佑它)决定——不知是心血来潮,还是经过了深思熟虑——崇高的指挥部决定,要交给分管部队编制部门的上尉一项艰巨的任务:从我们中遴选一批人,列个名单,下次时机到来时,让我们用鲜血去浇灌非洲的崇山峻岭——那里业已成为法国国土,载入光辉的法国史册。我的名字可能会出现在这个名单上,这种事不是不可能发生,而是很有可能发生。我这个闪烁着尊严与荣耀的姓氏已经五代相传,传给我时还是清清白白的。"

不幸的卡拉普拉斯姆像个小孩子一样号啕大哭。

---

[1] 此处作者用了五个形容词表达震惊之情,并将法语的五个元音字母(a、e、i、o、u)依序用了一遍。

"好啦,好啦。"我们的哥们儿、爱嘲讽的人波拉克·亨利中士说道,他很想去别的地方,比如回到他的故乡、他的出生地蒙帕纳斯,那里有他的大宝贝、他不怎么舒服的单身公寓、我们这群伙伴,还有他的奥斯卡藏书——而这些藏书是他以卑劣的手段从他最好的朋友那里骗走的(他最好的朋友就是我)。

"该死的穷兵黩武,"无动于衷的卡拉玛尼奥勒继续,"偃旗息鼓吧;我不喜欢战争,我不想去打仗;我不想去阿尔及利亚;我想留在巴黎,我深深爱着的姑娘就在这里;我想敞开怀抱,紧紧地抱住她。"

"唉!我能有什么办法?"我们的朋友、爱开玩笑的哲学家波拉克·亨利(中士)被这突如其来的抒情扰乱了心神。

"我的朋友,我亲爱的朋友,我尊敬的同志,我的老兄,我的祖国,我的小乳猪,"可爱的卡拉莱罗维奇继续说道,"别折磨我,可怜可怜我,帮帮我吧!"

21　"唉！我能有什么办法？"我们的伙伴亨利·波拉克中士再度表示。此人故乡在蒙帕纳斯，他出生在那里，而如今他的小未婚妻、他甜蜜的爱巢、他的小兄弟（我们就是他的小兄弟），还有他精装版《科学与生活》藏书都在那里。

"开上你的吉普车，"对方声音大得像个半人半马的怪物，"开上你的吉普车，"他又重复了一遍，"从我身上碾过去。撞断我的脚，让我永远无法再去杀人。让我带着痛苦和悲伤，辗转于军队医院之间。但愿康复仙女的仙女棒会触碰到我。但愿她可以尽可能地让我暂缓应征。缓征期会过去的，是的，这段时间我会在深爱的姑娘的床上度过，我们等等再说。阿尔及利亚人会把我们打得落花流水。那时候说不定会签订和平协议。"

"什么？什么？"朋友波拉克·亨利说道，他被这个荒诞的请求吓弯了腰。

要跟他解释——请稍等——千万不能不经过深思熟虑就干傻事，他要等等再说，他在外面，在他的平民生活中,在他的故乡、他的出生地蒙帕纳斯,有一些伙伴(我们就是他的伙伴),不管怎么说,他得先问问伙伴们的意见。

实际上,下午六点半的钟声一响,波拉克·亨利中士——我要在此请他放心,我对他的友谊亘古不变——就骑上他那辆叮当作响的(镀铬把手的)机动小自行车,向周围的同僚敬礼,懒懒散散地跟他们握握手,急匆匆地骑车返回他的故乡、他的出生地蒙帕纳斯,他唯一的挚爱、他干干净净的小房间、他一直以来的朋友、他这个文化人的藏书都在那里。他丢下一副好战的模样,开大水流洗了澡,选了一套军装,就是一条缝线显眼的帆布裤子、一件橙色小圆领羊毛上衣、一件无领磨毛小牛皮短外套、一双水牛皮的乞丐鞋、一副墨镜,拿着《观察家》报纸和《论据》杂志——杂志是选印本,收录了阿图尔·施米德克纳普关于奥托·普雷明格[1]的一篇文章(《论普

---

[1] 奥托·普雷明格(Otto Preminger,1906—1986),美国演员、制片人、导演。

雷明格的世界形象》[1]，序言，1960，27：312 - 387)，来旁边的咖啡馆找到我们，马不停蹄地跟我们讲述起来。

他说他本人，波拉克（亨利），是出生于蒙帕纳斯的中士，他有一个哥们儿叫卡拉施梅茨，说他（指的是卡拉施梅茨，但也适用于波拉克·亨利，因为大家到了这个年龄，这是正常的）有一个深深爱着的姑娘，他（还是指卡拉施梅茨）虽然对这场纠纷表现得很冷漠，但心里又怀着同情——纠纷一方面事关法国未来，另一方面涉及一帮捣乱分子，又牵涉到普通法，他（依然指卡拉施梅茨）明确表示想留在法国，在深深爱着的姑娘的怀抱里无忧无虑地生活，不想去北非的山间玩耍。他说他（指波拉克·亨利）就像初次领圣体那天一样感动，想问问他能做什么，他发自内心、出自肺腑地觉得自己无能为力，而他（卡拉施梅茨）建议他（亨利·波拉

---

[1] 原文为德语。

克）开着吉普车碾压他的脚,这样一旦残废,他(当然是指卡拉施梅茨)就要去军队医院,而且他(显然是指卡拉施梅茨)会有一段很长的康复期,这样人们(指的是广义上的所有人,但主要指卡拉施梅茨、波拉克·亨利、他们深深爱着的姑娘,还有管理鲍里斯-维昂路和德日进路交叉路口交通的巡警——得提一下他,让他高兴一下)就可以等,或许就会等到签订和平协议。

他(这里确确实实是指我们的哥儿们波拉克·亨利本人)说——稍等一下——他(?此人是谁?)不能做傻事,说他(来自蒙帕纳斯的中士、我们的伙伴波拉克·亨利)会跟哥们儿聊一聊(我们就是他的哥们儿),问问他们(指的是我们,也就是亨利·波拉克的哥们儿)有什么看法。

这就是他向我们讲述的所有内容,我们作何感想?

24　　哎，如果非要说的话，我们没什么想法。说实话，我们压根儿不在乎这个乱七八糟的故事。这个家伙为了逃避去阿尔及利亚，想把脚弄残废，然后在深深爱着的姑娘的怀抱里无忧无虑地生活，等待签订和平协议。可是，一方面我们不想让我们的好伙伴波拉克·亨利难过，另一方面他也十分友好地让我们思考一下，而我们都知道，思想就是生命（只要读读柏格森就知道了），所以有两三个人琢磨了好长一会儿，将信将疑地说：

"嗯，嗯！"

或者：

"是哎，是哎！"

但是波拉克·亨利这个小伙子似乎并不满意。我们被他睿智的目光里透露出来的默默坚持打动，决定表达不同的看法。

一个家伙唱了起来：

> 小伙子卡拉绍啊，
> 要去医院啦，
> 在那里等待康复哇……

其他人则悲伤的样子：

"这事可没把握。"第一个人说。

"没什么意思。"第二个人说。

"我觉得好蠢。"第三个人说。

"我的老天啊。"第四个人说。

总机（之），最后额（我）们掘（觉）得，情况很不膩（利）。[1]

于是我们达成一致，我们显然不希望，波拉克·亨利，这个我们都认识的人，开着一辆甚至不属于他的汽车，去碾压这个我们一无所知的人的脚，无论一只还是两只，尽管事先得到了他的正式许可。原因如下：

第一，可能会伤到他，甚至伤得很严重，

然后，

第二，仅仅为了逃避战争，就把自己弄残废，或者弄到脚截肢，这种行为可能会受到当地司法部门的惩罚，不管这个人是自愿的，还是明显受人怂恿，或是有人帮助他实施犯罪计划，或者有人明明知情，却不向主管部门举报。

什么，伟大的神啊！我们要让这位老实的朋友深陷泥潭吗？还是说，这位朋友出于绝望，只能冒冒失失地去找我们亲爱的兄弟、他的中士兼朋友波

---

[1] 原文中，这句话里所有的字母 r 都变成了 l，造成诙谐感。译文进行类似的尝试。

拉克·亨利中士,请他伸出援手,可我们,我们作为波拉克·亨利的哥们儿却没有办法救他?还是说,我们违背了由我们中的某个人替我们所有人定下的默许协议?——哎,我们真是轻率到见了鬼。还是说,法国知识分子中最杰出的代表(那就是我们),又一次犯了错?

不,不能这样。

因为我们一起做出了一个高尚的决定,等哪天卡拉乔治维奇休假的时候,我们一起去小心地打断他的胳膊,然后他只要告诉别人,他在歌剧院地铁站的大台阶上踩到一块香蕉皮滑倒了就行了。即使别人不相信,他也要去看军队的精神科医生,这样他就可以清静一段时间了,那时候我们都被阿尔及利亚人揍扁了,就会签订和平协议。

第二天,温柔甜美的、手指胖乎乎的曙光女神奥萝拉刚刚艰难地起了床,辎重兵团中士波拉克·亨利刚刚骑上他那辆刚刚修过刹车配件的、叮当作响的小自行车沿着环城大道全速行驶,小伙子腓比斯就急忙去把这个好消息告诉他勇敢的伙伴卡拉武尔茨，告诉他，等他下一次来城里时，波拉克·亨利和他的哥们儿（我们就是他的哥们儿）会一起去小心地打断他的胳膊，然后他只需告诉别人，他在图雷尔地铁站的机械大平台上踩到一块香蕉皮滑倒了就行了。就算别人怀疑，军队的精神治疗部门也会接手这件事，他就可以清静一段时间了，那时候法国人会被扔进大海，妇女儿童首当其冲，亡夫的遗产只能由寡妇继承，那时候停战就是必然的事，就会签订和平协议。

"啊，这倒好了，但愿卡拉施通普夫会咯咯笑，这是个好主意。"他老高兴，老乐意了。

但是，负责安排这件事的，还是我们剩下的人：波拉克·亨利的哥们儿，普通士兵，平头百姓。

我们给一个在波城当医生的家伙写了一封漂亮的信（现在就说明白，他不是皮肤科医生，他的妻子也不是马术演员），一封措辞遮遮掩掩的漂亮的信，因为我们不信任法国本土警戒局[1]，据说每一家邮局[2]都有他们的人。

---

1 法国重要的反间谍和反恐怖主义机构。
2 邮局（bureaux de poste，复数），在这里写成了 bourreaux de poste，而 bourreaux 是刽子手之意。此处可能暗含讽刺本土警戒局滥杀无辜之意。

在这封信里,我们请这位在波城当医生的家伙——但他不是皮肤科医生,他的妻子也不是马术演员——在这封信里,我们请他,请这位医生朋友在回信时,尽快地,十万火急地,给我们寄一些效果惊人、服用方便的麻醉剂,最好是肌肉内用药。

然后,可以这么说,这事就十拿九稳,易如反掌了。这就足够了,就像那个人说的:

让他朝我们伸过他的细胳膊
好让我们把它弄得只剩一截

那个家伙,他不会有任何感觉。我们把他的胳膊夹在一棵树和树皮之间,不行的话,夹在两块上好的木板中间也行。我们使劲一扭,他龇牙咧嘴,我们浇上烧酒,生一把火,烤干,大功告成;他只需要去士兵众多的街上大喊大叫,说他在金字塔地铁站有近百年历史的四十层台阶上踩到了一块香蕉皮,这样一来就算没人相信他,这件事也会归他所在旅的精神分析委员会管，委员会会把他送到乡下待一段时间，在此期间反叛者会把我们生吞活剥，就会开始谈判，签订和平协议。

但我们收到的，只有一张字迹潦草且怀有恶意的便条，像是一个会把钢笔咽到气管里的人写的，用威胁的口气命令我们照顾好上天赐给我们的宝贝。我们又通了几封信，把话说得很明白，甚至可能因此招致危险——说需要负责任的时候我们会负的——这才得到两瓶7%的克里韦纳溶液[1]，还有一份使用说明和一张手写便条，可能带着嘲讽意味，其结论是温柔地打断一个家伙的胳膊这件事根本不靠谱，哪怕是几个人一起也不行，因为可能会把他的骨头、肌腱、滑液囊、关节、纤维、韧带、脂肪、瘦肉和所有叫不上名字的玩意都弄坏，而且就算能成功，这个家伙也还是得用三角巾吊着胳膊奔赴战

---

[1] 原文为Solucrivine，作者自创词：前缀solu-，疑指solution（溶液）；后缀-crivine或化自Krivine，暗指法国左翼政治家阿兰·克里韦纳（Alain Krivine），其父及一个哥哥是医生。

场，在上了锁的单人牢房里待上四十五天；至于我们这群弄断他胳膊的伙伴，后方有储备多年的骑警队对付我们。

"呵"，我们这样想着，让波拉克·亨利告诉卡拉博姆，我们差不多都准备妥当了，卡拉博姆也通过亨利·波拉克告诉我们，他也差不多都准备妥当了。就这样，所有人都差不多准备妥当了。

但那时候，我们发现，出于一些我们自始至终都不知道的原因，卡拉梅尔没有出发。他没有出现在名单上。法朗潘——勇敢的法朗潘出现在了名单上，小拉韦里埃，被人亲热地称为"破冰者"的小拉韦里埃也出现在了名单上。甚至连卑鄙的种族主义者凡·奥斯特拉克也出现在了名单上。但是卡拉梅尔没有。

他没有带上沉重的杀阿拉伯人用的装备，朝任何一辆篷布卡车跟跟跄跄地走去。没有任何一位长着翘八字胡的军士检查过他的杂物，没有任何一位爱开玩笑的上尉戴上白手套把手指伸进他那支拆开的蹩脚步枪闪着油光的枪筒,手指弄脏后抽出来说道"太脏了",没有任何一位噬黑色素细胞的、害怕红色的上校握着他洒了香水的胳膊对他说"小子,我会想念你的",没有任何一位罗圈腿的将军让一滴眼泪从花白的睫毛旁流到马鞍下,再度声称法国和上帝都要倚仗他们,倚仗这群辎重队勇敢的士兵,声称他们会把神圣的国旗高高举起在面临(黄色)灾祸[1]的欧洲文明之巅。

故而,卡拉比纳没有出发,他脸上挂着灿烂的微笑,看着伙伴们离开。他要一个人待在干干净净的房间里,人们会看到他在那里,拿着一把破扫帚笨拙地蹦蹦跳跳,或者一边用很多水冲洗房间的石地板,一边哼着气势雄浑的《孔夫朗和奥诺里讷战斗》。

周六晚上到周日上午,他会把那颗大脑袋埋在

---

[1] 黄色灾祸,指所谓黄种人带给西方的威胁。

他深爱的姑娘浓密的金褐色长发里,喃喃地给她念情诗,仿佛阿尔及利亚的乌云从未遮挡过他纯洁的爱情阳光。

可是说实话,作为波拉克·亨利的朋友,我们真的很失望。我们白忙活了一场,老天啊,我们忙了半天,结果什么作用也没起。真不像话。要说失望,我们是真的很失望。当然了。就连我们的伙伴波拉克·亨利,他就算是中士又有什么用,他被狠狠地训斥了一番,被人嘲笑了,请您别见怪。

幸亏,或者说,唉,对,唉,哎呀,哎呀,里昂火车站的大钟刚刚敲满两个月,万塞讷的新堡就又到了斋月。

于是编制部门的办事员,就是那些卑鄙的贪生怕死的家伙,他们打开用有火焰斑纹的布料捆着的大登记簿,用得了帕金森病的命运女神一般瘦弱的手指,把所有马上就要去冒充好汉的人的名字指了出来,然后在一九几几年六月(不要指名道姓,不要写清楚日期,我们的朋友亨利·P中士跪下来求我们)某个阳光明媚的上午,部队被集合起来,聆听这次命中注定的点名:

33

阿加弗、阿拉蒂安(艾蒂安)、阿塔拉(勒内)、巴代纳、博齐特龙、比托尼奥、波旁、包法利、波拿巴（马克斯）、比尔比里、卡蒂利纳、塞塞迪耶、科利克、科兰-马亚尔、库尔地德萨克、迪耶戈-苏亚雷斯、多斯托耶维奇、伊巴密浓达塞、弗朗谢·德赫斯珀里得、芙纳夫、加尔古伊、格罗勒、居斯、阿尔塞纳、霍尔戈里格姆、霍斯波达尔、伊尼亚斯-伊尼亚斯、让福特尔、若纳斯、朱朱布、朱西厄……[1]

这时，勇敢的卡拉迪格姆感觉快要晕倒了。当他听到卡拉迪格姆这个姓氏——这个姓氏曾五代半人相传，如今又无可奈何地传到了他这里，但他此前甚至都没意识到这件事——从拉里夫莱特[2]中尉鸡屁股一样的嘴里读出来，并且还读错了（只是读错了姓氏，唉，没有弄错人称，我确定我现在就可以

---

[1] 此处列举的名字大多是不常见的，或作者自撰的，以表现诙谐之意。其中有些意在双关，例如博齐特龙（Beaucitron）原意为"漂亮的柠檬"，塞塞迪耶（Cécédille）原意为"加软音符的字母C"（即Ç）；有些或有所指代，比如阿塔拉（Atala）、勒内（René）恰好是夏多布里昂两部作品的名称。

[2] 拉里夫莱特（Lariflette），原意为"战争"（la riflette）。

展开说一下这种细微的区别,说得有趣又令人眩晕。但考虑到这个严肃的场合,我还得继续往下讲:啊!文学!你对连续性有着至高无上的爱,这何尝不让我们饱受折磨,痛苦不堪!)……

我讲到哪里了?对。当他五代相传的姓氏,对,从别人嘴里说出,对,勇敢的卡拉奇把他那张眼睛已经湿润的脸转过去,看着他勇敢的或班(伙伴)泼(波)拉克·亨利[1]时,一向不苟言笑并且连脚指甲尖都浸润着中士气质的后者表示,他有理由惩罚他了,因为立正的时候是不可以转头的。

这并不妨碍当天晚上,我们就全都知道了。皮肤晒得黝黑的波拉克·亨利已经骑着他那辆带涡轮机和液压悬挂装置、咔咔作响的脚踏两轮车,冲过了三万九千八百米,正从万塞讷的新堡赶回故乡蒙帕纳斯,那里有他温柔的小斑鸠,他带着爱意改造过的阁楼,他的密友(我们就是他的密友),还有七

---

[1] 伙伴(copain),原文的写法是 gobain;波拉克(pollak),原文的写法是 Bollak。即把清辅音写成了浊辅音。

十五厘米高的七星文库本图书。考虑到情况紧急,他甚至没有换衣服,就穿着一身卡其色衣服来找我们,火急火燎地告诉我们白天发生的事:这一次,卡拉尔伯格出现在了名单上,他心绪大乱,午饭连碰都没碰,要知道午饭供应的是丸子,美味的丸子,真是一场惨剧。

于是,虽然心意已经扭曲,但依然高尚的我们,决定采取行动。

想在这里休息一下的读者,可以休息一下。我相信,我们已经到了一流作家(例如儒尔·桑多、维克多·玛格丽特、亨利·拉韦丹,甚至再加上阿兰·罗伯-格里耶——在其最新作品《圣诞斋戒》[1]中)所说的自然连接处。

36

---

[1] 阿兰·罗伯-格里耶并没有写过这部作品。

37 请允许我在此重申一下读者的大脑中可能存储，本来可能存储，或者本来应该存储的主线。

第一，有那么一个人，他的名字大概是叫卡拉XX，只要地忠海（我不确定这个写法对不对[1]）的气候条件没有发生变化，他就拒绝去那里航行。这一点，我们似乎没有指出，注意力全都放在了鸡肋（积累）这个普通笑（小）故事[2]的神秘细节上了。

---

[1] 原文写法是 la mer Méditterrannée，正确的写法应该是 la mer Méditerranée（地中海）。

[2] 积累（accumuler），原文的写法是 acquimiler；小（petit），原文的写法是 pitit。即把所有的元音写成 i。

第二,有这么一群勇敢的家伙——我就是其中一员,无畏如马里尼昂,坚强如帕图斯,敏感如阿尔忒弥斯[1],骄傲如阿尔达班[2]。

第三,还有第三个人,他姓波拉克,名叫亨利,是个中士,他的时间似乎都花在了从一些人身边到另一些人身边,再从另一些人身边回到一些人身边了,反反复复,工具是一辆叮当作响的小自行车。

第四,这辆小自行车的把手是镀铬的。

第五,按照我小时候优秀作家们教给我的重要规则,有一些可以并且应当被认定为配角的人物,活动在主要事件的间隙,并烘托着主要事件。

第六,事情暂且停在了目前的状态,我们完全可以思考一下:我的老天,我的老天,这一切要如何收尾?

---

1 帕图斯(pathos),源自希腊语,意为"苦难、情感"。阿尔忒弥斯(Artémis),古希腊神话中的狩猎女神和接生之神。马里尼昂、帕图斯、阿尔忒弥斯这三个名字让人想起《三个火枪手》中的人物。
2 骄傲如阿尔达班(fier comme Artaban),法语熟语,意为"十分高傲,神气十足"。

所以那些去阿尔及利亚的臭家伙，捡起他们的行李，把全套的装备堆在一起，把旧衣服收好，把袜子缝好，给皮鞋涂了鞋油，给枪上了润滑油，领了定额的汤块、咖啡粉、奎宁盐和驱虫药粉，买了纽扣、线、牙膏、加缪（阿尔贝）[1] 的作品、圆珠笔、"太阳琥珀"防晒霜、短裤和拖鞋。

于是长着骄傲的小胡子的军士检查了卡拉波奇的衣服行装；爱开玩笑爱到了手杖顶的上尉戴上山

---

[1] 加缪即出生于阿尔及利亚。

羊皮白手套，把手指伸进他拆开的冲锋枪闪着油光的枪筒，看着弄脏的手指，用既咄咄逼人又困惑不已的语气问道："您管这叫干净的冲锋枪？"（卡拉波奇很谨慎地没有吱声。）上校对他说了一段很长的话，从一个上校的角度看，那段话算不上太粗鲁。他得出的第一个结论是卡拉波奇跟其他人一样，全都是白痴；第二，他本人，也就是拉穆利上校，身为子弹的后代、军队的儿子，他宁愿在西迪贝勒阿巴斯[1]艰难跋涉，也不愿指挥这样一群惹人讨厌的凡夫俗子；第三，这样的一群家伙可不算什么礼物；第四，法国明显处于劣势。

至于将军，他发来一封电报，对不能到场表示抱歉。

而我们，我们互通了电话，认为时机已到。

---

1 阿尔及利亚地名。

41　　真到了那天的那个早上,我们一大早就起床去大肆采购。我们买了葡萄酒,买了很多葡萄酒,因为我们会渴;然后我们买了大米、橄榄、鲲鱼、鸡蛋、猪肉制品,因为我们会饿;又因为现在不是小气的时候,最起码也要在这位勇敢的卡拉XX心上涂一点香膏,安慰一下他,然后再涂在他脱臼的肩膀或肱骨上,所以我们还买了蛋糕、甜品、糖果、糕点、水果和白酒。

然后我们去了鲍里斯-维昂路和德日进路交叉路口,来到那家正对着地铁出口、紧邻肉店的大百货商店，买了皮下注射用的针、配套的注射器、吸水棉、城里的纱布[1]、十一米长的维耳波氏绷带、一些安全别针、一把万能钳、一块塞口布条、一个千斤顶，还有四十苏的挂毯钉——后面可能会派上用场。

下午我们打扫了卫生，因为房子真的很脏。在一座很脏的房子里接待一个要被拧断尺骨的哥们儿，显得多不友好。

我们干了很多活，一切准备就绪：房子擦得干干净净，瓶子都堆在了壁炉上，只等我们一个手势，饭菜就会跳上摆好的桌子上（私底下说，这是最让我们自豪的一件事：这张桌子是乡下来的，它显然不习惯广阔都市的纷繁文化；因为来自乡下，它有时还保留了对游牧文化的向往，偶尔让人担心；一开始，它对我们表现出了执拗、沉默并且十分有效的敌意，所以我们等了六个月，在这六个月里我们对它耐心、温柔但又坚定——我们从来没有粗暴对

---

[1] 原文为 la gaze de ville，与 la gaz de ville 即"煤气"发音相同。

待它,请放心——它才听顺于我们,并且永远找到了自己的位置,在我们往它上面摆餐具的时候,安安静静地没有动)。

五点五十了。风变凉了。我们关上窗户,出神地读起了《大百科全书》里《骨折和各种并发症》这篇文章,了解一下我们马上就要谈到的这件事。

六点钟,我们的好朋友于贝尔进了门,带来了十一个月以前他从我们这里借走的焊接灯。他说:

"瞧!你们这里真干净。"

我们回答:

"我们在等卡拉斯普拉什。"

他说既然他也是我们的朋友,那他就自告奋勇去买杜松子酒吧,我们可以喝酒庆祝。他下了楼,很快就回来了,还带来了吕西安,他们是在路上遇到的。

吕西安打电话喊了他的埃米莉;于贝尔喊了他的姊姊;我们喊了德库拉夫妇,他们不在家;又喊了科纳米斯夫妇,他们说会过来;还有大贝洛,这个家伙总能惹我们发笑,但他来不了。

伙伴们成群结队地到来,让人感觉仿佛置身于《瑟堡的雨伞》上映当日的旺多姆广场(这部电影年代略老[1],但宽容的读者会轻易原谅我们)。因为并不是所有人都知情,所以已经知情的人告诉了尚不知情的人。

于是——应该预料到的——有些人指出,我们肯定是疯了才会想——而且还想了很久——去打断卡拉拉阿里的胳膊,说这样很危险,如果我们给他打了针,那他就什么也感觉不到了,那样我们不仅会打断他的胳膊,还会让他的滑液囊脱臼,把他的关节弄坏,把他的肌腱弄断,把他的纤维上的污垢弄掉,把他的韧带等玩意儿都烧成焦炭。

他们(又)说军医哪怕是心不在焉地看上一眼所谓的挫伤,都能分毫不差地猜到这个愚蠢的阴谋是谁搞出来的,然后那个叫卡拉皮特的人就得胳膊

---

[1] 《瑟堡的雨伞》上映于1964年。

打上石膏，在单人囚室里待上六十天，这就是他得到的奖赏。至于我们这群不幸的同谋，宪兵会一直追捕我们，一直追到我们的第十一代后人。

"那怎么办？"我们像一个人一样齐声说，互相交换了质询的目光。

于是会议主席表示临时解散大会，宣布成立三个委员会，均设在禁止旁听的场所，一个在厨房，另一个在卧室，第三个在议会大厅。三个委员会至高无上，其成员大腹便便，只需负责审查秘书处提交的各种草案；秘书处一边把草案登记在笔录上一边提交委员会，本身只保留决定如何分配草案的权利（这种程序上的诡计骗不过任何人，它推迟了真正的辩论的启动）。

经过多种修正、提议、支付扣押、程序问题、方案、反方案、中断、附带诉讼、假装离席,以及其他种种事件,最终,有关卡拉普卢克当务之急的重要提议压缩到了五项,我们就此进行了激烈的举手投票。

第一项旨在按原计划打断卡拉布拉斯特的胳膊,因为,该提议指出,我们就是为了这个来的。这项形式主义的提议引发了大会 9% 参与者的热烈赞同,真是太多了。

第二项钟情于把卡拉万灌个烂醉,然后暗中把他推下楼梯，接下来的事就看天意了；但是我作为一位敏锐的兼职神经生理学家，只用了四秒钟就推翻了这个纯属空想的结论，并且证明了"醉鬼自有神明保护"这句谚语是有准确科学依据的，不过这个提案还是获得了13%的投票。

第三项只能通过高调地声明政治立场来实现：卡拉涅特要勇敢地、大声地、尽可能清晰地宣布他反对肮脏的战争，并且躺到肮脏的铁路旁边，直到肮脏的道口看守员把他移到一个肮脏的地点。我们得承认这项邪恶的提议不乏幽默，它引起了一阵骚动，因为它暗示，最好还是让那些宣过誓的家伙动手，所以会显得其他人都是懦夫：只有23%的人同意这种做法。

第四项希望卡拉琼生病，最好是严重的病，比如骨结核、黄疸、两处蜂窝织炎、过早的佝偻病等。该提议获得了四分之一的赞成票。

最后，第五项建议卡拉基里变疯。37%的人对这个想法报以微笑。[1]

因此我们决定,卡拉斯泰尼要在我们的好心监督下,借助在军队精神病理学现有数据基础上可以得到的最好结果,假装试图自杀,这样他就会被当作急性精神分裂症或单纯妄想症患者,得到改造。

我们这些伙伴里,有一位(我们预料到了所有的情况)正在读药科三年级(他一直在别处生活,他刚刚结婚;他有十一个孩子,全都是男孩,全都十分英俊,全都活了下来:生活真是一件有趣的事情……),他要回家查查药典,看看那些药可以自由销售,好让卡拉布菲大口喝下,一直喝个够,就算没有丝毫乐趣可言,也不会有什么实际危险(或者危险很小)。

---

[1] 多疑的读者通过计算,可能会发现总数超过了100%。没错,由此可以推断出有人投了两次票。——原注

最后,到了八点四十五,绝望向我们袭来,让我们弯起手指露出牙根,这时卡拉让纳进了门,引来一片掌声。走在前面的是他的上级、高贵而慷慨的波拉克·亨利,他一副参加盛大晚宴的打扮:紫红色 V 领针织上衣、深红色 T 恤、天青石色踏脚裤、带亮片装饰的黑色篮球鞋。而那位卡拉让纳是个英俊的军人,也穿成军人模样,卡其色军装上衣,上面有相同的肋形胸饰,橄榄帽大胆地斜戴在头颅前部,大得不合脚的钉子鞋踩在我们刚刚打过蜡的地板上,呱嗒呱嗒响。他进来时我们尖叫着欢迎他,吓得他惊慌失措。我们给他让了个座位。一群人热切的目光都落在他身上,让他备感压力。

卡拉斯坦是个身材修长的家伙,稍微胖了点,但无碍观瞻。粗略估计,他从头发到脚趾大概有一米八。他身子总宽度接近七十厘米,肺活量大到惊人,脉搏缓慢,态度和蔼。他的面部特征平淡无奇:蓝眼睛,顶呱呱的鼻子,大嘴,招风耳,脖子不是很干净。下巴和唇边都没有胡子,这一点我们马上就注意到了。眉毛浓密,鼻孔性感,脸颊鼓鼓的,嘴唇肉乎乎的,下巴透着坚毅,下颌骨棱角分明,低额头,太阳穴周围光秃秃的,眼皮闪烁着智慧。他似乎没有什么手势和面部表情。看上去像个聪明的当地人,就是1908年9月11日阿蒂尔·德·布干维尔[1]在里昂火车站下车后会向其问路的那种人。

如果我们再补充几句,他天性沉默寡言,仿佛

---

[1] 暗指法国海军军官、航海家和探险家路易-安托万·德·布干维尔(Louis-Antoine de Bougainville, 1729—1811)。

沉浸在内心的一个梦里,他从一个没有把他的头发弄得很乱的理发店里走出来,把粗布橄榄帽拿在毛茸茸的大手里转来转去,那么,我们会觉得这个男人的肖像已经描摹得足够细致了,所以如果您在鲍里斯-维昂路和德日进路的交叉路口偶然遇到了他,您就会赶紧换条路走,就像我们如果遇到这样的事,也会这么做(我们啊,我们确实知道这个故事的结局……)

50 由于这些罕见的元素,再加上我们的朋友波拉克·亨利中士(他的车把是镀铬的)让我们觉得他俩之间没有什么秘密,我们猜测,卡拉瓦热是个单纯的人,如今这种人已经停产了,他身上有一种不寻常的力量(他只是坐在了我们唯一一把草垫椅子上,就把它坐碎了,不是吗?),他的洞察力比普通人略强一些,他诞生于某个群体,对这个群体所通用的社会标准有着一种近乎出自本能的忠诚:在这之前我们没有想过进一步挖掘这种推论,因为我们没有把它当回事。

我们喝了些开胃酒。我们全都是酒鬼（我有没有说过，我们足足有十二个人?），所以对酒趋之若鹜，就像贫穷席卷世界，就像梅毒侵袭布列塔尼的低等神父。但是卡拉莱皮佩德一点都没有喝。他站在那里，流着鼻涕，但是又不敢擤，蜷缩在角落里，一声不吭，或者偶尔，在我们齐刷刷的目光的殷切恳求下，才勉强挤出一个惨淡的微笑，语气客观地说："你们这里还是挺好的，地方小，但挺好。"这真是再公允不过的评价了。

51　　我们终于就座。真挤啊！首先，我们吃了沙丁鱼配面包和黄油。然后，我们喝了干白葡萄酒，当然，是有品级的。之后，我们吃了沃尔塔路彼得拉斯餐厅的蒸香肠，那真是世界上最好的蒸香肠。然后隆重地端上来一大盘米饭，点缀着很多橄榄和一些摆成梅花形的鳀鱼排，中间又穿插着一些切成小圆片、堆在一起的黄瓜片，黄瓜片的两边摆着剥了壳的小虾子，整道菜上面还精心地撒了一层切得很细的甜椒、刺山柑花蕾和像匍枝毛茛一样的硬蛋黄。

在军队任中士时间长达十五个月还不止的波拉克·亨利，接连开了三瓶未标年份的贝尔西城堡红葡萄酒，把食指放在嘴上，腮帮像弹簧一样鼓起来又瘪下去，发出"噗噗噗"的声音，但是没有一个人咂舌头，点头同意，摇头晃脑，或是捻着胡子，发出要哄哄堂大笑的新（信）号[1]。

吃完饭以后，我们去了客厅，喝了咖啡，抽了雪茄和香烟，轮流喝了几种白酒。

为了让卡拉法尔克放松下来，我们尝试让他开口讲话，冷不丁地、出其不意地询问他对战争的看法，是支持还是反对。读者可能还记得，这个问题在当时十分流行，时不时就会引发几场或公开或私密的争辩。但在提出这个问题时，我们的关注点比较特殊：也就是说，我们真的没能忍住偶尔抛出几个狡猾的，甚至具有蒙蔽性的讽喻——天性敏锐的读者或许已经注意到了这一点；也就是说，被这样

---

[1] 哄堂大笑（hilarité générale），这里写成了 hihilarité générale；信号（signaux），这里写成了 signeau。译文做了相应处理。

一个连政治都不关心的人牵连，我们有点儿生气；我们后悔花了那么多力气去保卫这个人的安宁，但他想要的，不过是在深深爱着的姑娘床上无忧无虑地生活，在他的小伙伴不顾名誉密切关注当局行动的时候，他却丝毫不看重自由、民主、人类理想、社会主义如此等等的东西，甚至觉得这些玩意儿不值一提。

53　　可是，让我们感到难过的是，卡拉吉杜耶并没有看上去那么傻，这事简直可以用作优秀寓言故事的素材。意识到他性格里具有欺骗性的这一面之后，他努力让自己与之相配，于是他说出口的话，都是我们心里希望他说，但又希望他不要说出口的，换句话说，他跟我们达成了一致，认为他就是那种家伙：如果换个场合，如果我们识相地请求他，他就会"把行李带走"——这个隐喻的意思很明白，我们觉得就没必要解释。

　　不过，说到底，单纯从政治角度探讨这件事，真的有必要承担这样的风险吗？做一个正直的人、一个好人、一个谦逊的人、一个小人物、一个穿着旧鞋子走在街区里的老实人，这还不够吗？做一个不爱战争的人，因为战争是邪恶的；做一个爱和平的人，因为和平是甜蜜蜜的；做一个喜欢在周日晚上伴着《狗皮妮妮》这支曲子，伴着手风琴的声音，在公共场所，在三色纸灯笼下跳舞的人：这还不够吗？还有爱情！拥有一个深深爱着的姑娘，这还不能拯救吗？

这种理论上的宽恕让卡拉甘地获得了信心，晚一点的时候，他稍稍放松下来。他向我们吐露他以前是工人，在军队过得并不如意，还有他从来没见过这么多书。

我们是那种深入群众的人，我们的血液里有着大张旗鼓宣传的病毒，我们曾渴望在19世纪末到萨瓦省的小村子里去当小学教师，为的是让穿罩衣的小农们读一读卢梭、伏尔泰和左拉，所以我们送给

54

他一整套藏书:有《白鲸》,有《火山》[1](啊!《火山》!古老的波波火山!卡卡瓦克!这座小花园真讨人喜欢欢![2] 拜托了,来杯麦斯卡利托酒!这可是本好书!),有《欧洲思想的危机》(为什么不呢?我在等你们,卑鄙的厌童症患者们!蒙昧主义者们!),有亨利·米勒的书——那时候我们喜欢亨利·米勒,有加斯东·勒鲁的书(他连加斯东·勒鲁都没读过!),还有些别的,我们这里到处都是书。但是他十分礼貌地拒绝了,表示或许等和平重新到来,等他有时间心平气和地阅读这些书了,可以品味其中的精髓了,那时候他才会接受。可是今天晚上,他补充道,不,今天晚上,他没有,不,他没有心情读书。

通过这段用词讲究的长篇大论,可以看出,我们的哥们儿亨利·波拉克中士(我们为他感到难过)

---

[1] 应指英国作家马尔科姆·劳瑞(Malcolm Lowry,1909—1957)的小说《在火山下》。
[2] 这里是模仿醉酒后的语气。

矫揉造作的文化对这个年轻的心灵产生了多么大的负面影响,这段长篇大论让他沮丧不已。他几近瘫倒,默不作声但又流露出挑衅。一阵凝重的沉默笼罩着烟雾缭绕的房间。我们产生了一些忧郁的想法,觉得完蛋了;卡拉斯滕贝格尔和他的大鞋子、他和善的面孔、他略显迟钝的思维、他的好意、他的口吃曾让我们捧腹大笑,但现在轮到我们出招了;毕竟我们还要决定如何让他走出困境;发牢骚只会拖延时间。

56　　于是，我们这一小撮人的头儿，那个大脑袋，那个备受尊敬的人，擦了擦眼镜，把烟斗从嘴里拿出来，说了下面的话：

"老兄，我们想过你的事儿。这事儿没什么意思。不管怎么说，都不该装傻。我们很愿意小心地打断你的胳膊，但是这很危险，你明白吗，打了针以后，你就什么都感觉不到了，我们有可能会把你的关节弄脱臼，滑液囊弄爆炸，韧带和关节内的肌腱都弄坏。而且，老兄，不要觉得军医都是蠢货。他们不会那么容易上当。军医会说，别把人当傻子，但是老兄,这阻止不了你用维耳波氏绷带去耍花招,屁股挨上一脚,然后在堡垒中度过九十多天,了结这一切。就算没有战争委员会,还有'比里比'[1]和富姆泰塔温[2]这些玩意儿,而我们,我们就像在火中取栗,警察会盯着我们,盯上好多年,你明白吗?"

"啊,说到这里!啊,说到这里!"对方说,"这是基督徒能干出来的事儿?我们一结束,我就立马去跳塞纳河,我对着老天爷发誓!"

"镇定一点,朋友,镇定一点。"那个像是我们头儿的人说,他转着一根自行车链条,摆出一副威严的样子。"我们不要惊慌。在讨论你的情况时,我们觉得把你的大脑弄出病来,或许不是个坏主意,你吞下几颗药片,然后有点儿想吐,不知道自己在哪里,你见了人就想吐,你看起来像是试图自杀,军人不喜欢这样,这一点大家都知道,这对部队的

---

[1] 比里比(Biribi),法国人在北非用以惩戒殖民地军队士兵的各种残酷方法的合称。
[2] 突尼斯地名。

士气不利,于是你就要去看精神科医生,接受改造,这是意料之中的事。"

在接下来的四个小时里去剖腹自杀,这个想法并不符合我们的朋友(或者说,我们的朋友亨利·波拉克的朋友。不要弄混了。谢天谢地,我们的朋友亨利·波拉克的朋友,不一定是我们的朋友)卡拉科鲁姆的心意。他甚至还狠狠抱怨了一番。可是,您想怎样呢?我们不仅人数众多,而且还很厉害:我们曾经连续两年参加由高等学校第六分部组织的上门推销研讨会,这可不是白参加的。我们不断提出让人无法辩驳的理由,再加上苹果烧酒和白兰地的作用,借助奸诈的三段论和精彩的即兴发言,我们只用了不到一百一十三分钟(我们见过更难缠的人),便激发出了他的热情,最后他表示,说到底,这也不是什么坏主意:对,他也很想这样,对,他要去吃几颗小药丸,把胃里塞满巴比妥类药,好好地睡个觉觉。然后他就会在医院的病床上醒来,嘴里插着一根小管子,脚边放着六个大盆子,几个军

队里的男护士(他们也是贪生怕死的卑鄙之人)会来拍他的后背,然后他去看精神分析学家,引得他们胡思乱想,他会对他们说

他的情况并不稳定

有时候他觉得活够了

他想一枪把自己打得脑浆迸裂

他宁愿去跳河

他觉得活够了

有时候他想去跳河

他想一枪把自己打得脑浆迸裂

他的情况并不稳定

他宁愿一了百了

他抑郁是因为这件事不可思议,就像一个洞

一个黑洞

一个大黑洞

哎呀

他受够了生活

(活着有什么意思)

他害怕这事不正常

他的情况并不稳定

他宁愿去跳河

最后,他会让他们明白,如果说部队里有个疯子,那肯定就是他;还有迪穆里埃上尉之所以出现说话流口水这种马斯佩罗克拉斯底症状,是因为他喝了劣质啤酒。精神分析学家会诊断出他患有单纯的偏执症,甚至还有可能是精神分裂症,会把他送进医院,这样他就不用去爬石头山了,或许阿尔及利亚人最终会赢得这场战争,并商定停火,签订和平协议。

说到这里,卡拉梅加激动不已,灌下一大杯杜松子酒,独自笑了起来。

接下来的时间,他心满意足地睡了,但我们没有一个人注意到他敬了个军礼,而且就算手上拿着药典,我们也没有决定他接下来要吃什么药:

不管怎么说,箭毒[1]都是没有效果的;

用颠茄制成的阿切罗纳特禁止出售给军人和预备役士官;

治疗厌世症的塔迪乌姆维塔[2]萃取液价格过于

---

1 一种从植物中提取的毒物。
2 塔迪乌姆维塔(Taedium Vitae),原意为"厌世、倦怠感",在这里用作了药物名。在这一章节里,作者虚构了很多药品名。

高昂；

于是我们改用莫尔蒂布斯[1]医生的抗菌肽樟味藜属溶液：

甲基烟酸	0.005
8-氯茶碱-二甲氨基-乙基-二苯甲基乙醚	0.1
对二氯苯	0.4
巴尔哑克	0.001
金鸡纳树皮	0.8
詹姆斯·邦德	0.07
阿格里帕·多比尼亚[2]	极少量
充当安慰剂的赋形剂	足量（98.6%）

尽管这种治疗措施少有人知，但至少，也从来没听说有谁抱怨。波拉克·亨利是个很有条理的小

---

[1] 莫尔蒂布斯（Mortibus）这个词作普通名词时意为"死者"。
[2] 此处拼写为 Agrippa dobignia，暗指法国文艺复兴时期诗人阿格里帕·多比涅（Agrippa d'Aubigné）。

伙子，他把这种药品的特性仔仔细细地写在了他那个现代人用的活页小记事本上（其扣环是镀铬的），然后又记录了我们为什么决定，首先，要用最快的办法把卡拉维斯叫醒，让他站起来，给他盛装打扮一番。

其次，我们抓着他的胳膊，把他送到最近的一家药店（就是鲍里斯-维昂路和德日进路交叉路口那家），从阿德·帕特雷斯[1]医生——尽管此人长着一双暴凸眼——那里买一管抗菌肽樟味藜属溶液，塞给他不少钱，足够他到对面的咖啡店吧台上喝一杯咖啡，然后监督他把一大把催眠药、安眠药、助眠药吃下去——但也不要太夸张。

第三，送他去酒店，祝他晚安，让他好好睡上一大觉，然后到了早饭时间，别忘了尽快去看看他怎么样了。

最后，可以这么说，这事十拿九稳了，很容易。

---

1 阿德·帕特雷斯（Ad. Patrès）用作普通名词（写作 ad patres）时意为"要某人去见老祖宗，弄死某人"。

这就足够了,就像那个人说的:

他睡得像服用了巴比妥,
把精神病科医生吓坏了。

那个家伙,他睡得很熟。他的杂物都整理好了。他在床头柜上放了他深深爱着的姑娘的照片、偷来的里面装着苦药丸的小管子、一杯喝了一半的水,还有一封信,信里写着他活够了,他不想去阿尔及利亚,他服下了卡达韦[1]医生的十二片抗菌肽,他请求爸爸原谅,请求上校原谅,请求妈妈原谅;请求优秀的上尉原谅;请求可能会让他更生气的士官原谅,尽管有一天他发誓什么都没做,但士官还是给他放了一个星期假;请求他真正的哥们儿波拉克中士原谅;请求勇敢的法朗潘原谅(这三个星期以来,他把勇敢的法朗潘累得精疲力竭);请求人们亲热地

---

[1] 卡达韦(Kadaver),德语,作普通名词时意为"死尸、尸体"。

称之为"破冰者"的小拉韦里埃原谅。

天刚蒙蒙亮,由于担心这个一身法国军队荣装(法国军装是最好的,因为它的销量最高)的住客的命运,面容凶恶、神色挫败的酒店店主来敲这个人的门,像被割断了喉咙的牛一样大叫,把左邻右舍、便衣警察、司法警察、国家行政部门、喝优质佳酿白兰地的人、停尸房的人、爱丽舍宫的人、《费加罗报》的人、博德洛克和科尚[1]都叫了过来,而沉睡的卡拉施穆尔会继续在医院小破床软软的铺盖上继续这场毁灭性的睡眠,直到有人把四十三厘米的、用次氯酸钠液消过毒的导管插进他的食道,他才会醒来(不能插进咽部)。十一个(或许也要插进喉部),十一个(或者要插进气管,这种事我一无所知),十一个(你们可能会说,如果我一无所知,那我就没必要写了,因为要想写作,就得知道术语。可能吧,不过我很确定,对于这种事,你们知道的不会比我

---

[1] 代指博德洛克诊所(Clinique Baudelocque)和科尚医院(Hôpital Cochin)。

更多。而且换了你们来写，你们肯定写不出这种故事!)，十一个（假设会把四十三厘米的、用次氯酸钠液消过毒的导管插进他的喉咙，我们不多说了……），十一个精挑细选出来的心理学家兼上校（就）会来给他测脉搏，把他的舌头拉出来，测测他的智商，从他的脚趾头下面看看他的巴宾斯基征（啊哈！大仇得报：我敢肯定你们不知道巴宾斯基征是什么。别指望我告诉你们[1]），他们会感到恶心，让他去别的地方等，在此期间勇敢的民族解放运动战士就会扭转乾坤，很快就会停战，签订和平协议。

---

[1] 刺激足底外侧缘，检查是否出现拇趾背屈现象：出现则称巴宾斯基征阴性；如出现拇趾背伸，其余四趾呈扇形分开，称巴宾斯基征阳性。

于是我们行动：大部队留在原地继续喝酒，而波拉克·亨利，勇敢的波拉克，还有另外一个人（他叫什么无所谓）把卡拉布加兹夹在胳膊下，拖着他去散会儿步。

时光流逝。夜色已深。有人席地而睡。有人蹑手蹑脚离开了，有人喝醉了酒开始骂娘，有人去厨房吃奶酪。戴着黑纱的女人跪在圣像面前，画着十字为士兵们祈祷。但是悄悄开着的电唱机里的莱斯特·杨不关心这件事，他伴着约翰·刘易斯的钢琴

64

声、保罗·钱伯斯的低音提琴声和肯尼·克拉克[1]的鼓声,正在演奏十分简单又十分优美的音乐(《蓝星》,诺曼·格兰兹[2],第6933号)。

---

[1] 莱斯特·杨(Lester Young,1909—1959)、约翰·刘易斯(John Lewis,1920—2001)、保罗·钱伯斯(Paul Chambers,1935—1969)、肯尼·克拉克(Kenny Clarke,1914—1985)都是美国爵士音乐家。

[2] 诺曼·格兰兹(Norman Granz,1918—2001),唱片制作人、音乐经纪人。

到了三点钟，三点十五的时候，波拉克·亨利和他的伙伴（叫什么无所谓）隆重登场。我们当中还有力气说话的人支撑着起来，询问经过。

他们开始了十分复杂的叙述，复杂到在它面前，就连用克洛德·西蒙的作品给参加育儿学高等师范学校（只在195X年招收过一届学生）入学考试的考生做的难到出名的听写，都显得比伊萨克·德·邦瑟拉德（1613—1691）那首有名的六行诗还要平铺直叙了。后者那首诗清晰而又优雅，我忍不住要在此全文引用：

在梨子和奶酪之间[1]，

我的心不知该如何选择：

如果我选了奶酪，

那我就没有梨子；

如果我选了梨子，

那我就没有奶酪。[2]

（这首诗的真实性有待考证。在这一点上我一点儿都不敢肯定，即使弄瞎一只眼也要提醒大家注意这首六行诗跟其他六行诗别无二致，都包含六句规整的诗句，但与此同时[3]，其组织、描绘、结构、手法无疑都难得一见；至于意义，如果说它没有那么清晰，那也是"讽喻"的错，它无法忍受这种过程；

1　"在梨子和奶酪之间"（entre la poire et le fromage）为法语习语，意为"在饭后闲谈时"。
2　这首诗中出现了很多语示和拼写错误，例如把 le fromage（奶酪）写成 la fromage，cœur（心）写成 cueur，Je n'aurai pas（我就没有）写成 Je n'aura pas。
3　原文为拉丁语。

但说到底,我们达成一致吧,这是一个漂亮的小东西。)

好的。于是,波拉克·亨利和另一个人(他叫什么无所谓)把卡拉斯廷克拖进了蒙帕纳斯的一家药店(读者们,你们还记得吗,在这三只异基数的鞘翅目昆虫里,有一只就出生于此),他们给他称了体重,想看看情况,他们买了一管有特定用途的药,管子是暗绿色的,我敢肯定那颜色里透着凄凉,里面装着十二片淡紫色椭圆形糖衣药丸。

然后,他们走进一家凄凉的咖啡馆,喊了服务生;服务生长着一颗椭圆形的脑袋,脸色也是暗绿色的,系着一条接近淡紫色的围裙,让人觉得仿佛身处文森特·明奈利[1]的电影之中。他们问服务生要三杯很浓的黑咖啡,于是服务生就给他们端来三杯像黑墨水一样黑的黑咖啡。于是,波拉克·亨利,要么就是另一个人,不过他叫什么无所谓(说到底,

---

[1] **文森特·明奈利**(Vincente Minnelli,1903—1986),美国著名导演,代表作品为《一个美国人在巴黎》。

还是不知道的好），把四片糖衣药丸放进了给卡拉布卢姆的那杯，还放了十一块糖，用一根管子使劲搅了搅——结果管子拿出来的时候有一半已经被侵蚀了——把这杯咖啡递到卡拉卡拉嘴边，让他一口气喝了下去，然后拍他的后背，直到他打了一个嗝儿。

然后，波拉克·亨利（我们的朋友）和他的伙伴（此人叫什么依然是件无所谓的事）口述，让卡拉施魏因写了一封信，信里写道这位卡拉施魏因活够了，写道这件事不可思议，写道他对去北非的山间扫荡这件事没有热情，写道他吃下了莫尔蒂[1]·科赫尔医生开的十二片淡紫色抗菌肽糖衣药丸，写道波拉克·亨利与此事毫无关联；还写道他请求爸爸原谅，请求妈妈原谅，请求上校原谅，请求精英分子上尉原谅，请求久经考验的士官原谅，请求他的朋友拉韦里埃和法朗潘原谅（尽管这三个星期以来，法朗潘的身体右侧已经有了一个红色的洞），请求法

---

[1] 莫尔蒂（Morty）这个名字中含有"死亡"（mort）的意思。

兰西共和国的总统戴高乐将军原谅。

卡拉布菲读了一遍，又读了一遍，用幼稚的字体签了名，又打了个嗝儿。他看起来筋疲力尽，像一棵被微风吹拂的幼苗，浑身发颤。他的脸色变得很不好看，鼻头变成了粉红色，脑袋开始掉毛。波拉克·亨利和另一个叫什么都无所谓的人觉得是时候动身了。

他们去找宾馆，但是没找到。这种事时有发生。

他们走了很久很久，到最后他们累了，停了下来。卡拉费尔德毫无预兆地倒在了排水沟里，打起了呼噜。

"不管怎样，我们不能把他丢在这里。"波拉克·亨利说。

"当然。"另一个人说，他叫什么对你们来说没有意义。

"好，那我们再看看。"亨利·波拉克表示支持。

"显然应该如此。"另一个总结道，他叫什么跟你们关系不大。

一拍即合后,他们对视了一下,一起苦思冥想,来了一场小型的头脑风暴,然后产生了一个绝妙的想法:既然宾馆已经没有位置了,那卡拉卡斯就只好去兵营了。

说干就干:他们把卡拉比尼埃扶了起来,推进一辆偶然经过的出租车,波拉克·亨利和另一个人(他叫什么对你们来说完全无所谓)也冲了进去,出租车载着他们飞速前进,一直来到万塞讷的新堡门前,走的是一条波拉克·亨利很熟悉的小路,他每天早晚都会骑着一辆叮当作响的、有套管车叉的机动小自行车经过这条路。

于是(这也是唯一一次),他们叫醒了卡拉斯孔,烧了一些木屑倒进他的耳多(朵)里(你们能看出我在影射什么吗?),让他赶紧去睡觉,带着灿烂的微笑把四片淡紫色的抗菌肽糖衣药丸放在他手里,让他吃下,还让他把那封信放在帽子旁边显眼的地方,然后信心满满地等待后续。他们还说,他什么钱都不用给,糖衣药丸的钱不用给,咖啡的钱不用给，出租车钱也不用给（真是高尚），他们很开心能帮他的忙，而且正如我们美丽的法国的养路工人所言：

> 如果需要重修，
>
> 他们会重修这条路。[1]

然后，他们这个把戏掩饰好，情绪却没能掩饰好，把卡拉贝斯克扔出这辆被收买来的破汽车，命令司机掉头。经过塞纳河时，波拉克·亨利做了一个威严的动作，像播撒种子一样，把剩下的四片淡紫色糖衣药丸扔进了黑色的潮水中，任由潮水将它们吞噬。

然而目睹了一切的上帝发现，这一切都没有什么大用处。

---

1 出自法国诗人路易·阿拉贡（Louis Aragon，1897—1982）的诗歌《苦难中的歌唱者之歌》。

我们说,好戏开始了。我们又喝了一杯。波拉克·亨利去睡觉,然后其他人也去睡了。我们爬上了床。

第二天,我们收拾东西。像是清理战场。我们洗了盘子、刀子、叉子、杯子和烟灰缸。我们把酒瓶扔掉,擦了地板。

四点钟的时候,几个伙伴突然出现。

"怎么样了?"有人问,"卡拉梅拉曼呢?卡拉梅拉曼在哪里?"

"我们知道个鬼。"他们回答。"得等波拉克·亨利。"他们又补充道。

我们等了亨利·波拉克很久。七点钟的时候他来了,骨瘦如柴,笨得像颗卷心菜,满脸都在抽搐,领带胡乱地系在长脖子上,脖子像没煮熟的鸡脖子,喉结也在痉挛似的惊跳。

"怎么样了?"我们问,"卡拉维戈特呢?"

"哎呀呀,"波拉克·亨利发起了牢骚,"别跟我说这个,别跟我说这个。"

然后,喝了一点儿蜂蜜花水后,他给我们讲述了经过:

72　　那天上午,我们亲爱的好朋友波拉克(亨利)中士还没有完全从夜间的情绪里恢复过来,他不小心把四种酒混在一起喝了下去,胃里阵阵翻腾。他满怀忧郁地骑上脚踏板镂空的小车,离开了他的故乡蒙帕纳斯,离开了定居在那里的未婚妻、他的婚房、他的伴郎、他的结婚礼物,睡意沉沉地跨过了新堡的门,跟卫兵等一大群人打了招呼。

什么——

(首先,我建议读者,或者说,我强烈建议读者倒回头重读一遍,当然是重读全文,但重点是读一读上面的建议,并欣赏一下它们有多么粗暴:这条隐晦的自我批评真是一句抵万言。)

那么,波拉克·亨利在兵营的院子里看到了什么?一辆镀铬把手的小自行车?不,完全不是,你们搞错了!这位波拉克,他看见了,他亲眼看到了一辆辆篷布卡车,一辆辆帅气的篷布卡车,正在等人把车装满,然后就把这群漂亮小伙子送到火车站去。这位波拉克·亨利还看到了什么?一辆小自行……?不是,大笨蛋!他看见了,他亲眼看到了那位高大的卡拉图斯特拉,那位真正的卡拉图斯特拉,那位孤独的卡拉图斯特拉,正朝篷布卡车走去,被杂七杂八的行李,或者说被杀阿拉伯人用的杂七杂八的玩意儿压得直不起腰来,眼睛浮肿,面色发黄,看起来像个傻子。

可怜的亨利·波拉克走上前,说:

"怎么,卡拉比比纳,你在捣鼓什么?"

"噢,滚你的吧。"粗鲁的(也是忘恩负义的、恶毒的)卡拉波普莱克蒂克说道。

可怜的亨利·波拉克从这句话里得不出任何结论。但出于坚韧,这位亨利·波拉克,他还是去打听消息了。他问了同寝室的人、卫兵、马路上闲逛的人、邻居、门房,然后半靠推测(因为亨利·波拉克很有判断力)半靠想象(因为亨利·波拉克也有想象力,而且不止有一点),他成功地复原了在过去的几个小时里他这位勇敢而慷慨的兄弟在万塞讷的遭遇。

那天一大早,卡拉佐佐出现了,因为害怕摔倒在地后不知会发生什么,所以他那颗小脑瓜做出决定,他不要直挺挺地躺着了,他要去旁边的小树林里小跑一会儿,驱散一下酒气,也驱赶一下飞蛾。有人从卫兵岗那边看到他沿着斜线,朝古斯塔夫-热斯莱尔路高大的乔木走去。一个小时以后,卫兵看到他回来了,疯疯癫癫,瘫倒在地。卫兵只听到他在喊加油,于是过去把他叫醒,卡拉邦布不知所措,被晃醒以后,他立刻从身上拿出四分之三升杜松子酒、足足四分之一升朗姆酒、同样多的白兰地、稍微少一点的苹果烧酒、几片柠檬、足够所有中国人吃的大米,还有其他一些东西,里面大概还有几片有显著催眠效果的淡紫色椭圆形颗粒,他把这一大堆东西放在卫兵刚刚熨过的紧身长裤上,让卫兵稍微有些尴尬。卫兵向一位传令兵求救,传令兵找了消防队,消防队派来了他们最好的下士,下士把卡拉帕特扶起来,严厉地训斥了他,打发他去睡觉,还不准他吃甜点。

在惨白的晨光里,卡拉努瓦走进灰蒙蒙的寝室。他瘫倒在床,和衣而卧,脚搭在枕头上,头枕着头盔,打起了呼噜,仿佛出了校门后,除了打呼噜他就没学到别的本事。

三个小时以后,为了给驻军司令的侄女卡罗琳庆祝,法兰西共和禁卫军乐团来为其演奏晨曲。乐团热情洋溢地演奏了《魔笛》的序曲,紧接着欢欢喜喜地演奏了《鹊贼》里的F调波尔卡舞曲,最后(充满活力地)演奏了科尔内留斯·弗朗德兰的《头脑交响曲》。卡拉克拉克起了床,开大水流洗了澡,准备好东西,跟大家一样溜走了。

这说明了——如果需要说明的话,纪律才是铸造军队力量的主要因素。

就是这样了——就像那些优秀的作家为了说明此事已经了结,都会说上这么一句。

76 "原来如此",有人说;"哎,是啊",亨利·波拉克说;"我的老天啊",第三个人说。

说什么啊,我们想哭。

"怎么会这样?"沉思默想了很久以后,我们说道,"卡拉诺亚,他现在在哪里?他会不会还没被送走?"

载着阿尔及利亚碎片的火车已经出发,亨利·波拉克这样告诉我们(他了解内情),是夜深以后从一座专为此事修建的火车站出发的,火车站位于凡尔赛宫旁边一处树林的深处。

可怜的卡拉迪内！他以为自己会在深深爱着的姑娘怀里无忧无虑地生活，以为不用去爬石头山，或许他并没有一个人孤零零、满怀忧伤地登上那列火车。我们想到了那里的战争，在阳光下：沙漠、石头和废墟，敞篷下冰冷的起床号，强行军，实力悬殊的战斗，这就是战争啊。

战争并不美好，并不美好。说什么啊，我们想哭（我想这句话前面说过了）。

于是我们说：

"我们还是得去看看。"

我们手挽手出发了，走在最前面的正是亨利·波拉克中士。我们坐火车抵达凡尔赛。我们买了一堆好东西：卷烟、小雪茄烟、一瓶小瓶装的威士忌、糖果、夹心巧克力、一条绣花围巾、画报、口袋书，还有一幅画着各种幸运小奖牌的游戏牌，可以在多种场合玩。我们决定把我们的照片和地址留给他，这样他到了那边以后就可以给我们写信，我们还要给他寄包裹，这样我们就成了他的战时代父代母。

那是一个光明而宁静的夜晚。

在漆黑的树林宽敞的空地上，

四十节车厢连成一体，

里面挤满了人和蹩脚步枪。

有些军人在那里不知所措。

不知所措的，是一些士兵。

有的坐一等座，有的坐二等座。

我们看得清楚，那就是整个法国。

两三个平民，一个是爸爸，两个是妈妈，

擦干噙满骄傲泪水的漂亮眼睛。

跟他们的小孩子一声声道别，

车厢门口有些士兵正在小解。

有些爱逗乐子的人弹起了吉他，

还有些衣冠不整的家伙在合唱，

招募新兵的士官给人分发香烟,
酗酒的家伙愁云惨淡身体打战。

醉鬼们吵吵嚷嚷对着人打嗝,
感动的哲学家虔诚地乱写乱画,
用几页纸倾诉他们那个年纪有多痛苦,
治好了伤病的伞兵带着微笑旁观。

宁静的夜色笼罩在车厢上方,
情绪激动的火车已准备出发
士兵眼睛里闪烁着胜利的光芒:
或许幸福只能在火车站安家?

我们找了很久,很久。我们沿着火车走了一趟,两趟,沿着一个方向走,又换了一个方向。我们想进车厢,但进不去。于是,我们在每个车厢喊:

"哎,卡拉夫里尼克!你在吧!让我们看一眼!这里是你的伙伴波拉克·亨利!"

"这里没有你说的叫卡拉什么东西的人。"有人回答道,还有人说:

"闭嘴,你个傻子!"就是这么说的。

在事实面前我们只好屈服:这个卡拉拉里科,要么不在这列火车上,要么就是不想跟我们说话。

于是亨利·波拉克和我们其他人，我们沿着凡 80
尔赛的路回来了。我们坐火车抵达荣军院。我们把
书、烟和巧克力分了。我们到"选择"咖啡馆的露
台上喝了一瓶酒，把那瓶威士忌也喝了个底朝天。
然后我们各自回家。从那以后，我们再也没听人说
起过那个难缠的人。

索 引[1]

作者在上面的文本中辨认出的花饰和修辞点缀——确切地说，此处指变换反复和句子并列。

缩写(Abrégé),37。

省略(Abréviation),25。

堆砌(Accumulation),17—18,20—21。

谚语(Acyrologie),19。

格言(Adage),47。

---

[1] 索引中的页码皆为原书页码，中译本以页边码标注。

粘连(Adjonction),参见轭式搭配(Zeugme)。

恳求(Adjuration),21。

非洲法语(Africanisme),25。

亚历山大体(Alexandrin),67。

头韵(Allitération),19。

演讲(Allocution),20。

影射(Allusion),62。

意义含混(Amphibologie),17。

错格(Anacoluthe),42,43,71。

顶针(Anadiplose),66,67。

首语重复法(Anaphore),61。

英语外来词(Anglicisme),68。

类语重叠(Annomination),78。

复辞(Antanaclase),46。

对比反驳(Antanagoge),?

交换重构(Antapodose),16。

繁复(Anthérologie),53。

反方意见(Anthorisme),62,63。

段首段尾重复词或词组(Antépiphore),62,63。

词义反用(Antiphrase),39。

反证(Antiparastase),?

反衬(Antithèse),随处可见。

对称体(Antitrope),27。

代换法(Antonomase),62。

反义(Antonymie),69。

列举(Aparithmèse),25。

私语(A parte),42。

近似(À peu près),24。

头音节省略(Aphérèse),68。

格言(Aphorisme),75。

尾音节省略(Apocope),73。

元音交替(Apophonie),70。

名言(Apophtegme),69。

急收法(Aposiopèse),?

省文撇(Apostrophe),54。

粗略(Approximation),?

阿拉伯语词(Arabisme),39,40。

古语(Archaïme),57。

诡辩(Argutie),57-58。

联想(Association),57。

无连词(Asyndète),可能有。

增加(Augmentation),?

不规范词语(Barbarolexie),44。

枯燥无味(Berquinade),18。

夸大(Bombastique),39。

不协调音节(Cacemphate),73。

拼写错误(Cacographie),31。

双关(Calembour),27。

优雅文体(Calliépie),54。

平庸枯燥的道德说教(Capucinade),69。

词语误用(Catachrèse),当然。

矫饰的用词(Cataglottisme),74,75。

缺少一个音节(Catalectique),68。

难懂的文体(Charabia),25。

交错配列法(Chiasme),73。

委婉说法(Circonlocution),22。

引用(Citation),42。

替换(Commutation),?

堆积(Conglobation),43,44。

概述(Conspectus),37。

缩合(Contraction),16。

异词元音结合(Crase),16。

受马里沃体[1]影响的小克雷比永[2]风格(Crébillonnage amarivaudé),

同义词堆砌(Datisme),28—29,61—62。

---

1 马里沃(Marivaux,1688—1763),法国喜剧作家。马里沃体,指的是过分细致、矫揉造作地描写爱情心理的风格。
2 小克雷比永(Crébillonfils),原名克洛德-普罗斯珀·若利约·德·克雷比永(Claude-Prosper Jolyot de Crébillon,1707—1777),法国色情小说作家。

祈求(Déprécation),25。

复辞(Diaphore[1]),46。

区分(Distinguo),72。

考究文体(Élégances),39。

省略(Ellipse),56,57。

转品(Énallage),57。

华丽文笔(Enluminure),25。

列举(Énumération),30。

分句末重复上一个分句句首词(Épanadiplose),?

反复(Épanalepse),30。

重复([词或词组]Épanaphore),58。

修正(Épanorthose),73。

增音(Épenthèse),32,61。

揭露被掩盖的事实(Épiphanie),64。

差向异构(Épimérisme),34。

---

[1] Diaphore 与上文的 Antanaclase 意思均为"复辞",指的是重复使用同一个词,但每次取其不同的含义。

感叹结论(Épiphonème),80。

末尾重复(Épiphore),21,22,23,24,26,27,29,59,63。

后置法(Épiphrase),58。

结句反复(Épistrophe),我完全不反对。

累赘修饰语(Épithète oiseuse),25。

矛盾修饰语(Épithète contradictoire),20。

通过修饰语改变意义(Épithétisme),48,49。

委婉说法(Euphémisme),52。

矫揉造作文体(Euphuisme),62。

赘词(Explétif),51。

衰弱(Exténuation),77。

女性化(Féminisation),68。

古词(Glossographisme),21。

层递(Gradation),51,52。

模声谐音(Harmonie imitative),51。

希腊语特有表达方式(Hellénisme),31。

瑞士法语特有表达方式(Helvétisme),没有。

西班牙语特有表达方式(Hispanisme),也没有。

形态句法重复(Homéoptote),毫无兴趣。

尾韵(Homéotéleute),25。

同音异义词(Homonyme),毫无疑问。

换置(Hypallage),49。

词序倒置(Hyperbate),33,34。

夸张(Hyperbole),70。

超音节(Hypercatalecte),19。

生动描绘(Hypotypose),51。

测高法(Hypsographie),26,27,29。

倒置(Hystérologie[1]),参见 Hystéro-protéron。

倒置(Hystéro-protéron),参见 Hystéro-proton。

倒置(Hystéro-proton),参见 Hystérologie。

1　Hystérologie 与下文的 Hystéro-protéron、Hystéro-proton 意思均为"倒置"。

结尾动词轭式搭配(Hypozeugme),参见中间动词轭式搭配(Mésozeugme)。

画面描写(Image),31(美妙的画面)。

感叹词(Interjection),63。

衰退(Involution),22。

i音化(Iotacisme),37。

意大利语词(Italianisme),无。

日语词(Japonisme),无。

文字游戏(Jeu de mots),15(啊!有。)

会闹笑话的语句结构(Jeannotisme),唉!没有。

字母l发音不准(Labdacisme,),25。

过度描写细节(Leptologie),30,31。

间接肯定法(Litote),33。

滔滔不绝(Logodiarrhée),41。

马罗风格(Marotisme),26。

无意义话语(Matéologie),45。

浮夸文体(Mégalégorie),77,78。

中间动词轭式搭配(Mésozeugme),参见轭式搭配(Zeugme)。

变换一个字母的词形变化(Métagramme),应该有。

转喻(Métalepse),53。

隐喻(Métaphore),17。

缺乏逻辑的隐喻(Métaphore incohérente),18。

逐字翻译(Métaphrase),42。

词形变化(Métaplasme),16。

换位(Métathèse),16。

换喻(Métonymie),22。

单行诗(Monostique),19。

m音滥用(Mytacisme),24。

讣告(Nécrologie),啊,等着瞧吧。

新拼写法(Néographie),31。

拐弯抹角(高谈阔论)(Oblique [Harangue]),22—23。

拟声词(Onomatopée),58。

篇章([Page]漂亮的篇章),48。

词尾加字或加音节(Paragoge),16。

忽略暗示法(Paralipse),15,16,17,18,22,37,38。

连续的词词首重复相同音节(Parachème),33。

插入个人观点(Parembole),52。

插入语(Parenthèse),很多。

近音词连用(Paronomase),60。

多余的重复(Périssologie),参见同义叠用。

漂亮而空洞的词句(Phraséologie),54。

同义叠用(Pléonasme),参见上文。

同源反复([Polyptote]类似于此),60—62。

多连词(Polysyndète),30。

多式综合(Polysynthète),30,31。

婉转(Précaution),?

人物传记(Prosopographie),17。

拟人化(Prosopopée),42。

首音母插入(Prosthèse),77。

伪经(Pseudépigraphe),显然有。

鹦鹉学舌(Psittacisme),当然。

等等,等等,等等。

附 录

佩雷克作品列表

《物》,勒诺多文学奖(*Les Choses*, prix Renaudot, Julliard, coll. « Les Lettres nouvelles », 1965)。

《庭院深处,是哪辆镀铬把手的小自行车?》(*Quel petit vélo à guidon chromé au fond de la cour ?*, Denoël, coll. « Les Lettres nouvelles », 1966, 1988; Gallimard, coll. « Folio », n° 1413)。

《沉睡的人》(*Un homme qui dort*, Denoël, coll.

« Les Lettres nouvelles », 1966, 1988; Gallimard, coll. « Folio », n° 2197, et « Folio plus », n° 44)。

《消失》(*La Disparition*, Denoël, coll. « Les Lettres nouvelles », 1969; rééd. Gallimard, coll. « L'Imaginaire », n° 215)。

《重现》(*Les Revenentes*, Julliard, coll. « Idée fixe », 1972, rééd. 1974, 1997)。

《暗店》(*La Boutique obscure*, Denoël-Gonthier, coll. « Cause commune », 1973)。

《空间物种》(*Espèces d'espaces*, Galilée, coll. « L'Espace critique », 1974, nouvelle éd. 2000)。

《W 或童年回忆》(*W ou le souvenir d'enfance*, Denoël, coll. « Les Lettres nouvelles », 1975; rééd. Gallimard, coll. « L'Imaginaire », n° 293)。

《字母表》(*Alphabets*, Galilée, coll. « Écritures/Figures », 1976)。

《我记得(共同事物Ⅰ)》(*Je me souviens* (Les Choses communes Ⅰ), Hachette/P.O.L, 1978; Hachette Littératures,1998)。

《人生拼图版》,美第奇文学奖(*La Vie mode d'emploi*, prix Médicis, Hachette/P.O.L, 1978; Hachette Littératures,2000)。

《围墙及其他诗歌》(*La Clôture et autres poèmes*, Hachette/P.O.L,1978;Hachette Littératures,1992)。

《业余爱好者的收藏室》(*Un cabinet d'amateur*, Balland, rééd. Éd. du Seuil, coll. « La Librairie du XXe siècle »,1994)。

《填字游戏》(*Les Mots croisés*,Mazarine,1979)。

《永恒》(*L'Éternité*,Orange Export Ltd,1981)。

《戏剧Ⅰ》(*Théâtre* I, Hachette/P.O.L,1981;Hachette Littératures,2001)。

《尝试穷尽式描写巴黎某地》(*Tentative d'épuisement d'un lieu parisien*, Christian Bourgois, 1982)。

《思考/分类》(*Penser / Classer*, Hachette, coll. « Textes du XXe siècle », 1985; rééd. Éd. du Seuil, coll. « La Librairie du XXIe siècle »)。

《填字游戏Ⅱ》(*Les Mots croisés* Ⅱ, P.O.L/ Mazarine, 1986)。

《53 天》(*53 jours*, P.O.L, 1989; rééd. Gallimard, coll. « Folio », n° 2547)。

《次普通》(*L'infra-ordinaire*, Éd. du Seuil, coll. « La Librairie du XXe siècle », 1989)。

《心愿》(*Vœux*, Éd. du Seuil, coll. « La Librairie du XXe siècle », 1989)。

《我出生了》(*Je suis né*, Éd. du Seuil, coll. « La Librairie du XXe siècle », 1990)。

《女高音歌唱家 L 及其他科学写作》(*Cantatrix Sopranica L. et autres écrits scientifiques*, Éd. du Seuil, coll. « La Librairie du XXe siècle », 1991)。

《L.G.：六十年代的一场冒险》(*L. G. Une aventure des années soixante*, Éd. du Seuil, coll. « La Librairie du XXe siècle », 1992)。

《冬日之旅》(*Le Voyage d'hiver*, Éd. du Seuil,

coll. « La Librairie du XXe siècle », 1993)。

《英俊出席者和美丽缺席者》(*Beaux présents belles absentes*, Éd. du Seuil, coll. « La Librairie du XXe siècle », 1994)。

《埃利斯岛》(*Ellis Island*, P.O.L, 1995)。

《多好的男人！》(*What a Man!*, Le Castor Astral, coll. « L'Inutile », 1996)。

《佩雷克/漫游》(*Perec/rinations*, Éd. Zulma, coll. « Grain d'orage », 1997)。

《有趣的游戏》(*Jeux intéressants*, Éd. Zulma, coll. « Grain d'orage », 1997 年。

《新的有趣的游戏》(*Nouveaux jeux intéressants*, Éd. Zulma, coll. « Grain d'orage », 1998)。

《访谈和讲座》(*Entretiens et conférences*, éd. établie par Dominique Bertelli et Mireille Ribière, éditions Joseph K., 2003)。

《〈人生拼图版〉手记》(*Cahier des charges de La Vie mode d'emploi*, présenté par Hans Hartje,

Bernard Magné et Jacques Neefs, CNRS éditions et Zulma, coll. « Manuscrits », 1993)。

合著

《试论邀请探讨围棋妙术》(*Petit traité invitant à l'art subtil du go*, Christian Bourgois, 1969 [avec Pierre Lusson et Jacques Roubaud])。

《乌力波:潜在文学,创作,再创作,再创作》(*Oulipo*, La Littérature potentielle. Créations, recréations, récréations, Gallimard, coll. « Idées », 1973)。

《埃利斯岛记事:流浪与希望的故事》(*Récits d'Ellis Island. Histoires d'errance et d'espoir*, Éd. du Sorbier, 1980 [avec Robert Bober]; rééd. P. O. L, 1994)。

《炫目》(*L'Œil ébloui*, Chêne/Hachette, 1981 [avec Cuchi White])。

《乌力波:潜在文学图集》(*Oulipo*, Atlas de littérature potentielle, Gallimard, coll. « Idées », 1981)。

《金属:为保罗·博尼的七座图像雕塑创作的七首语法各异的十四行诗》(*Métaux, Septsonnets hétérogrammatiques pour accompagner sept graphisculptures de Paolo Boni*, Paris, R. L. D., 1985 [avec Paolo Boni])。

《乌力波:乌力波图书馆》(*Oulipo*, La Bibliothèque oulipienne, Ramsay, 1987, 2 vol)。

《本堂神父住宅与无产者:PALF 资料》(*Presbytère et prolétaires. Le dossier PALF*, Cahiers Georges Perec, n° 3, 1989, Éd. du Limon, 1989[avec Marcel Bénabou])。

《为法布里齐奥·克莱里奇创作的四千多首散文诗》(*Un petit peu plus de quatre mille poèmes en prose pour Fabrizio Cleric*i, Les Impressions Nouvelles, 1996[avec Fabrizio Clerici])。

《填字游戏,前附作者对填字游戏艺术和手法的看法》(*Les Mots croisés précédés de considérations de l'auteur sur l'art et lamanière de croiser les mots*, P.O.L,1999)。

《我记得》(*Je me souviens*, Des femmes-Antoinette Fouque,2004)。

《加薪秘诀》(*L'art et la manière d'aborder son chef de service pour lui demander une augmentation*), Hachette Littératures,2008)。

通信

《亲爱的、最亲爱的、值得欣赏的且迷人的朋友……:乔治·佩雷克与雅克·勒德雷尔通信集》(« Cher, très cher, admirable et charmant ami... », Correspondance Georges Perec et Jacques Lederer, Flammarion,1997)。

译作

哈里·马修斯著,《阿富汗的绿色芥末田》(Harry Mathews, *Les Verts Champs de moutarde de l'Afghanistan*), Denoël, coll. « Les Lettres nouvelles », 1974; rééd. P.O.L, 1998)。

哈里·马修斯著,《奥德拉代克体育场的沉没》(Harry Mathews, *Le Naufrage du stade Odradek*), Hachette/P.O.L, 1981; rééd. P.O.L, 1989)。

音像制品

《我记得》,萨米·弗雷表演(*Je me souviens*, interprété par Samy Frey, Éd. des Femmes, coll. « La Bibliothèque des voix », CD, 1990)。

《与贝尔纳·诺埃尔对话》,无间断诗歌,《我记得》(节选),《梦的写作》,《尝试描写 1978 年 5 月 19

日在马比荣十字路口看到的事物》,(*Dialogue avec Bernard Noël*, Poésie ininterrompue, *Je me souviens* (extraits), *L'écriture des rêves*, *Tentative de description de choses vues au carrefour Mabillon le 19 mai 1978*, coffret de 4 CD, production André Dimanche/INA, 1997)